Kleine Diogenes Taschenbücher 70041

de
te
be

Hildegard von Bingen
Lieder

Lateinisch und deutsch

Aus dem Lateinischen
von Adelgundis Führkötter
Ausgewählt von Silvia Sager
Mit einem Vorwort von
Walter Nigg

Diogenes

Die Lieder sind folgendem Band entnommen:
Hildegard von Bingen, *Lieder*, Salzburg 1992

Das Vorwort von Walter Nigg ist leicht gekürzt dem
1991 im Diogenes Verlag erschienenen Band
Walter Nigg, *Heilige und Dichter*,
(detebe 22400), entnommen.

Umschlagillustration: Piero della Francesca,
›Geburt Christi‹,
(Detail mit musizierenden Engeln), ca. 1475

500/96/51/1
ISBN 3 257 70041 5

Eine außerordentliche Äbtissin

von Walter Nigg

Hildegard war eine Frau des 12. Jahrhunderts. Sie gehörte also jenem Zeitraum an, da die Romantik langsam von der Gotik abgelöst wurde. Die Romantik besaß noch jene geistige Ausgeglichenheit, die der unruhigen, himmelstürmenden Gotik bereits verlustig gegangen war. Hildegard lebte demnach in einer ganz anders gearteten Vorstellungswelt als wir heutigen Menschen. Es ist nicht leicht, sie gleichsam zu »bewegen«, so daß sie auf uns zuschreitet und uns in die Augen blickt. Es bedarf dazu vor allem einer starken inneren Anstrengung von unserer Seite aus. Wir versuchen dieses lebendige Gespräch unter bewußtem Verzicht auf alle Gelehrsamkeit und alles Fachwissen. Es geht uns um eine

Begegnung mit dieser hehren Gestalt, die uns ein bedeutsames Wort zu sagen hat, das gegenwärtig leider in der Kirche kaum gesagt wird.

Das im Sommer 1098 als Tochter eines Grafen in Bermersheim geborene Mädchen bekam in der Taufe den Namen »Hildegard«, das bedeutet »Heldin«, genauer formuliert, »rettende, schirmende Heldenjungfrau«. Die Bezeichnung traf auf sie zu, wie wir noch sehen werden. Aus der Kindheit wird eine merkwürdige Begebenheit berichtet: Das Mädchen war hellseherisch veranlagt. Es liegen darüber durchaus glaubwürdige Berichte vor. Die Hellsichtigkeit verließ sie nie mehr, sondern steigerte sich im Laufe der Zeit. Diese Anlage war mit einer überaus zarten, kränklichen Konstitution verbunden. Hildegard wurde immer wieder von Krankheiten und Erschöpfungszuständen heimgesucht. Es sind hierfür keine pathologischen Gründe namhaft zu machen, da es nun einmal keine Psychologie der Gnade gibt. Wir stehen ehrfürchtig still vor diesem zu respektierenden Geheimnis.

Das ungewöhnliche Kind wurde von seinen Eltern der Reklusin Jutta auf dem Disibodenberg zur Erziehung übergeben, die Hildegard lesen lehrte, ihr das Latein beibrachte und sie im liturgischen Gesang unterrichtete. Hildegard wurde von Jutta nach der Regel Benedikts erzogen, die das heranwachsende Mädchen formte. Der Stifter von Monte Cassino hat jene Ordnungen für das monastische Leben aufgestellt, die sich durch »Maß und Mitte«, das will besagen, durch Vermeidung einer allzu harten Strenge und einer sträflichen Laxheit auszeichneten. Wir klagen heutzutage viel über die verwahrloste, außer Rand und Band geratene Jugend. Es wäre angebrachter, die gegenwärtige Pädagogik genauer zu betrachten, denn sie hat die Orientierung verloren und hat sich in eine verwirrende Experimentiersucht gestürzt. Eine vom Leistungszwang diktierte Erziehungslehre wirkt auf die Jugend negativ, und gerade darum haben es unsere jungen Leute heute sehr schwer. Ganz anders war die benediktinische Schule, in der Hildegard heranwuchs. Sie rückte ihr ein festes Ziel vor Augen und zeigte ihr auch den Weg, der zu ihm führte. Kurz, sie war fähig, den Menschen entscheidend zu formen.

Nach dem Tode Juttas wählten die Nonnen Hildegard zur Äbtissin. Sie gründete das Kloster Rupertsberg, das für immer mit ihrem Namen verbunden bleibt. Beim Bau legte sie mehr Gewicht auf helle, luftige Räume als auf eine glänzende Fassade. Sie vermehrte mit Umsicht den Besitz des Klosters und sicherte ihm auch die erforderlichen Rechte. Oberhalb Rüdesheim gründete Hildegard ein zweites Kloster, das heute Sitz der St.-Hildegard-Abtei zu Eibingen ist. Der Feudalzeit entsprechend nahm sie nur Mädchen adeliger Abkunft als Nonnen auf und pflegte mit ihnen innerhalb der Klausur eine benediktinische Kultur. Die Chorfrauen trugen an den Feiertagen festlichen Schmuck: schneeweiße Gewänder, weiße Rosen im Haar und Ringe an den Fingern. Hildegard verlangte von ihren Nonnen monastische Zucht und bestrickende Liebenswürdigkeit.

Die entscheidende Schicksalsstunde erzählt Hildegard selbst: »Im Jahre 1141 der Menschwerdung des Sohnes Gottes, Jesu Christi, als ich zweiundvierzig Jahre und sieben Monate alt war, kam ein feuriges Licht mit Blitzesleuchten von oben hernieder. Es durchströmte mein Hirn und durchglühte mir Herz und Brust gleich einer Flamme, die jedoch nicht brannte, sondern wärmte, wie die Sonne den Gegenstand, über den sie ihre Strahlen ergießt. Nun war mir plötzlich der Sinn der Schriften erschlossen, der Psalmen, des Evangeliums, der übrigen Bücher des Alten und Neuen Bundes.«

Dieses stammelnde Geständnis redet von etwas Großem, das unbedingt der Deutung bedarf. Es war ein in Worte nicht zu fassendes Erlebnis, jedenfalls läßt es all unsere Erfahrungen weit hinter sich. Die hellseherische Nonne entfaltete nun eine seltene Begabung auf eine ganz ungewöhnliche Weise. Man kann es nicht anders sagen: das Feuer Gottes ist auf sie gefallen, und dies mehrfach in ihrem Leben. Hildegard war eine Seherin, wennschon sie keine ekstatischen Zustände erlebte, in denen sie entrückt wurde und nicht ansprechbar war, wie dies im Leben vieler Heiliger geschehen ist. In diesem Sinne war Hildegard keine visionäre Natur. Sie selbst bezeugte eindeutig: »Ich sehe alles bis ins kleinste, aber ich vernehme es nicht durch die fünf Sinne meines Körpers. Meine Augen sind offen, keine Ekstase umfängt mich. Ich schaue es Tag und Nacht wachend und nicht träumend, aber oft todkrank und sterbensmatt.« Sie erlebte somit ganz einmalige Schauungen und versuchte, das Geschehen mit Worten zu verdeutlichen: »Manchmal, nicht oft, sehe ich in diesem Licht ein anderes Licht, das mir das lebendige Licht genannt wird. Wann und wie ich es sehe, vermag ich nicht zu sagen; aber solange ich es sehe, ist alle Traurigkeit von mir genommen, so daß ich wieder ein junges Mädchen und nicht wie eine alte Frau bin.« Wenn Hildegard dieses ganz und gar ungewöhnliche Lichterlebnis selbst nicht richtig zu erklären vermochte, wie viel weniger dann wir, denen uns die nötigen Begriffe ganz und gar fehlen. Wir können ihren erstaunlichen Erlebnisbericht nur schlicht zur Kenntnis nehmen und ahnen, daß Hildegard einzig und allein aus dieser unbeschreiblichen Schau zu verstehen ist. Wer diese Lichtschau für eine Illusion oder für eine Fantasie hält, wird die Äbtissin vom Rupertsberg nie begreifen. Alles Verständnis hängt davon ab, ob man ihre Erfahrung ernst nimmt und von ihr ausgeht.

Hildegard erlebte große Schauungen, die ihr einen ganz neuen Blick für die ganze Schöpfung schenkten. Gewiß war dies ein Erleben, das nur ihr zukam und das wir niemals nachahmen können. Trotzdem meine ich, daß wir es nicht einfach sachlich, objektiv, nur zur Kenntnis nehmen dürfen, weil wir es mit einer solchen Einstellung nur unwirksam für uns machen. Wir müssen unbedingt versuchen, daraus etwas für uns zu lernen. Als Christen dürfen wir uns nicht damit begnügen, nur den Vordergrund der Dinge anzuschauen. Wäre es so, würden wir an der Oberfläche hängenbleiben. Wir sollten uns stets bemühen, bei den Menschen und bei den Dingen von der Außenseite zu der inneren Sicht vorzudringen. Dies ist nicht immer leicht. Auch wir können im Licht die wunderbaren Entsprechungen des geheimen Lebens, die Antworten und Symbole sehen, und die leise Sprache der Steine, der Blumen, der Wolken mit dem inneren Ohr hören. Freilich ist dies nicht aus eigener Kraft möglich. Wir bedürfen dazu des göttlichen Lichtes, des Taborlichtes, das die Dinge im Lichte der Verklärung sieht, des Lichtes vom unerschaffenen Licht. Das ist keine Spekulation von mir, sondern biblische Weisheit. Der Psalmist betet: »In deinem Licht schauen wir das Licht.« Erinnern wir uns auch der Worte Christi: »Ich bin das Licht der Welt, wer mir nachfolgt, wird nicht in der Finsternis wandeln, sondern wird das Licht des Lebens haben.« Auf das Licht vom Licht können wir nicht verzichten. Um diesen

Empfang zu ringen scheint mir viel wichtiger zu sein, als östliche Meditationspraktiken stümperhaft nachzuahmen, Übungen, die für uns Christen doch zu nichts Ernsthaftem führen.

Die ungewöhnlichen Lichterlebnisse waren kein Privatvergnügen Hildegards. Sie selbst bezeichnet sich treffend als die Posaune, die zwar einen scharfen Ton gibt, aber diesen nicht schafft, sondern ihn vom Bläser empfängt. Während ihrer mystischen Schau vernahm sie eine himmlische Stimme, die zu ihr sprach: »Schreibe es nach dem Willen dessen, der alles weiß, alles sieht, alles ordnet in den verborgenen Tiefen seiner geheimnisvollen Ratschlüsse!« Und wiederum hörte sie die Stimme vom Himmel: »Tue kund die Wunder, die du erfahren, schreibe sie auf und sprich.« Hildegard bekam einen deutlichen Schreibbefehl, alles Geschaute aufzuzeichnen, »nicht nach menschlicher Rede, nicht nach menschlicher Einsicht, nicht nach menschlicher Darstellungsweise, sondern so wie du es in Gott vernimmst«. Vor diesem schweren Befehl bebte Hildegard zunächst erschreckt zurück. Es lassen sich für dieses Sträuben mehrere Gründe anführen. Die Nonne scheute sich zunächst, ihr Innerstes aller Welt kundzutun. Sie wollte ihre Seele nicht öffentlich entblößen. Zudem bereitete ihr das Schreiben eine gewisse Schwierigkeit. Zwar vermochte sie den Gänsekiel zu führen, aber die ungeheuren Bilder, die sie geschaut hatte, in adäquaten Worten auszudrücken schien ihr unmöglich zu sein. Hildegard kam deswegen dem göttlichen Befehl nicht nach und fiel prompt einer Krankheit anheim. Ihr psychosomatisches Leiden ist aus ihrem Ungehorsam gegenüber der göttlichen Stimme zu erklären. Es war gleichsam eine Selbstbestrafung, was sie auch selbst einsah. Sie raffte sich auf und gehorchte, worauf alle ihre Krankheitssymptome verschwanden.

Hildegard war freilich nicht imstande, die Niederschrift ihrer göttlichen Schau allein zu vollbringen. Sie bedurfte der Hilfe zweier Klosterleute. Ihre geistliche Tochter Richardis schrieb die Visionen nach Diktat nieder, und der Beichtvater Volmar verbesserte das mangelhafte Latein. Inhaltlich aber sind die Schriften einzig und allein Hildegards geistiges Eigentum. Sie erregten sofort Aufsehen und wurden auf der Synode zu Trier auch dem gelehrten Papst Eugen III. zur Prüfung vorgelegt. Er selbst las sie seiner näheren Umgebung vor und war überzeugt, daß in diesen Schriften etwas Göttliches enthalten sei. Seither gelten Hildegards Schriften als kirchlich anerkannt.

Hildegards Schriften erfordern vom Leser eine innere Sammlung. Man muß sozusagen in diese Schriften hineinknien, um Hildegards Spiritualität zu erfassen.

Über Hildegard ist fast in jedem Lexikon zu lesen, sie sei, hundert Jahre vor Albertus Magnus, die erste deutsche Naturforscherin gewesen. Bei dieser Bezeichnung ist Vorsicht geboten, denn im heutigen Sinne war Hildegard keine Naturwissenschaftlerin, da sie in keinem Laboratorium Experimente anstellte. Aber Interesse, Beobachtung und Beschreibung der Menschen, der Tiere und der Pflanzen bilden die Anfänge der Naturkunde, und an ihnen hatte Hildegard Anteil. Sie züchtete in ihrem Klostergarten viele Nutz- und Heilkräuter. Sie sann über Wolken und Sterne, über den Wald und das Wasser nach. Auch Tiere und Steine interessierten sie lebhaft. Ihr Verhältnis zur Natur war nicht wissenschaftlicher Art, es war viel einfacher und tiefsinniger. Hildegard geriet über die Naturvorgänge mit elementarer Kraft in ein Staunen, dem sie mit einer großartigen Gebärde Ausdruck gab. Und wir, wir gleiten mit einem blasierten Achselzucken über die täglichen Wunder in Gottes Welt hinweg, weil unsere Augen halb blind geworden sind. Wir müssen es wieder lernen, mit weit geöffneten Augen das Bilderbuch Gottes für groß und klein anzuschauen. Von Ehrfurcht ergriffen sollten wir alles, Begreifliches und Unbegreifliches, neu sehen. Das überwältigende Staunen will uns die heilige Hildegard wieder lehren, die in dieser Beziehung eine neuartige Novizenmeisterin für uns desinteressierte Menschenkinder von heute werden könnte.

Man meinte schon gegen ihre Schriften einwenden zu müssen, sie enthielten Beschreibungen über das Geschlechtsleben, die einer Klosterfrau unwürdig seien. Solche Einwände entspringen einer bloßen Prüderie, während Hildegard von einer heiligen Natürlichkeit erfüllt war, die wahrhaftig nichts mit der zeitgenössischen Schamlosigkeit zu tun hat. Sie hat als Nonne auch hierin den richtigen Weg der Mitte gefunden, der uns verlorengegangen ist. Mit einem Wort, Hildegard war ein mit der Natur verbundener und in die Natur hineinschauender Mensch. Sie begriff die Natur als das große Schöpfungswerk und hat in ihrer grandiosen Schau einen Blick in das Innere dieser Schöpfung getan, die für sie eine Gottesoffenbarung voll Harmonie und Zweckmäßigkeit war. Wir müssen von den abstrakten, blutleeren Theorien wieder zu einer kraftvollen Frömmigkeit der Anschauung vorstoßen, die das göttliche Sein in seiner ganzen Fülle bejaht und in den Werken der Natur die Wunder der Schöpfung zu preisen fähig ist.

So ungewöhnlich dies alles war, das Ungewöhnlichste von allem, was Hildegard tat, war es noch nicht. Sie vollbrachte noch eine Tat, für die uns jede Vergleichsmöglichkeit fehlt. Hildegard war Benediktinerin und lebte als solche innerhalb der Klausur des Klosters. Die Schwestern beobachteten diese Vorschrift genau. Auch Hildegard hielt sich an diese Bestimmung mit Ausnahme, wenn sie ihr Tochterkloster in Eibingen besuchte, wo noch heute ihre Tradition fortgesetzt wird. Eines Tages aber ging sie kühnen Schrittes auf Reisen, ging hinab zum Rhein, fuhr stromaufwärts nach Mainz und Seligenstadt und besuchte hernach auch Würzburg und Bamberg. Vier solche Reisen unternahm sie, die sie nach Köln und auch ins Schwabenland führten. Es waren alles andere als Vergnügungsreisen, wie sie im Zeitalter des Massentourismus von unzählbaren Menschen unternommen werden. Hildegard fühlte sich innerlich dazu vom Geist getrieben.

Wir, namentlich die Älteren unter uns, schütteln gelegentlich den Kopf über die heutigen Zustände und sagen mit einem Seufzer: »Ach, früher war es doch anders! Wir hätten uns das nicht erlaubt, da herrschten noch strengere Sitten.« Diese gute alte Zeit, die wir in unseren Erinnerungen heraufbeschwören, gab es in Wirklichkeit nie. Es liegt da eine Gedächtnistäuschung vor. Nicht nur heute, auch früher, ja, in allen Zeiten geschah Schreckliches unter dem Himmel, Dinge, die in keiner Weise zu verantworten waren. Diese Feststellung gilt auch vom Mittelalter. Es gab damals stürmische Mönchsbewegungen und Heilige von strahlender Leuchtkraft. Aber im tausendjährigen Zeitraum, den wir als Mittelalter bezeichnen, gab es auch entsetzliche Verfallserscheinungen. Durch viele sinnlose Kriege verrohten die Menschen grauenhaft. Hildegard lebte in einer solchen Niedergangsepoche, die sie tief betrübte und zugleich bewog, dem Zeitgeist entgegenzutreten.

In ihrem schwarzen Benediktinerinnenhabit trat sie, die sich schon im reiferen Alter befand, auf den öffentlichen Marktplätzen auf und predigte dem herbeiströmenden Volk. Das war ein einmaliges Schauspiel. Nie hatte Hildegard um Erlaubnis gebeten, und niemand hatte sie ihr gegeben. Sie erhob ihre Stimme, weil sie vom Heiligen Geist dazu getrieben worden war. Sie hielt keine säuselnden Predigten, die niemandem weh tun; ihre Ansprachen waren angriffig. Mit einer Wucht ohnegleichen richtete sich ihre Rede gegen die Weltpriester und auch gegen die Ordensleute, in der auch für unsere heutige Zeit geltenden Erkenntnis: Beim Klerus beginnt der Verfall, und beim Klerus muß zuerst die Genesung einsetzen. Wörtlich verkündete sie das göttliche Strafgericht: »Fürsten und verwegenes Volk werden über euch herfallen, euch vertreiben und eure Reichtümer wegnehmen, weil ihr die Pflichten eures Priestertums nicht wahrgenommen habt. Ich sehe ein aus der Scheide gezogenes Schwert in der Luft schweben. Die eine Schneide ist gen Himmel und die andere zur Erde gerichtet.« Die Worte, mit denen Hildegard die Zuchtlosigkeit der damaligen Zeit geißelte, lassen sich kaum überbieten. Es ist, als blicke man da in einen Abgrund, den kaum noch ein Lichtstrahl erhellt. Sie beschuldigte die Hirten des Volkes: »Ihr seht Gott nicht und habt kein Verlangen, ihn zu schauen. Ihr solltet das Fundament der Kirche bilden, aber ihr zieht euch in die Höhle eurer Bequemlichkeit zurück. Ihr solltet eine Feuersäule bilden und dem Volk den rechten Weg zeigen, aber ihr täuscht euch selbst, indem ihr sagt, wir haben keine Zeit zum Predigen.« Hildegard nahm kein Blatt vor den Mund. Sie redete eine deutliche Sprache, die den Zuhörern durch Mark und Bein ging. Hildegard hielt keine antiklerikalen Reden, wohl aber fand sie glühende Worte der Ermahnung, Gedanken, die später auch Katharina von Siena in ihren Briefen niederschrieb. Die erschütternden Bußreden Hildegards mündeten alle in die Aufforderung: »Denket um, Gottes Gericht naht, ihr werdet seinem Richterspruch nicht entgehen.« Die Menschen hörten ihr atemlos zu, starrten erbleicht in das vergeistigte Antlitz dieser Prophetin des Neuen Bundes und wagten keinen Widerspruch vorzubringen.

Man kann von diesen Bußpredigten Hildegards nicht sprechen, ohne dabei an unser Jahrhundert zu denken. Wir leben in einer ähnlichen Zeit. Das verwandte Geschehen von damals und heute kann gar nicht übersehen werden. Auch in unserer Zeit herrscht eine vielfache Verwirrung, die tief in die Kirche eingedrungen ist und das einfache Volk mannigfaltig verunsichert. Es hilft uns wenig, darüber zu klagen, daß wir gegenwärtig keine heilige Hildegard unter uns haben. Das ist ein unnützes Gejammer. Vielmehr gilt es klarzumachen: Damals trat eine Frau als Retterin der Zeit auf, und heute, da eine von den Männern politisch regierte Welt in den Abgrund zu versinken droht, müssen ebenfalls Frauen aufstehen und sich als rettende Gestalten erweisen.

Es ist noch eine vorbildliche Tat Hildegards zu erwähnen. Sie lernte einen jungen Mann kennen, der einen allzu lockeren Lebenswandel führte und deswegen von der Kirche exkommuniziert wurde. Hildegard brachte ihm seine Verlorenheit zum Bewußtsein. Er bekehrte sich und starb bald darauf. Die Äbtissin ließ ihn in geweihter Erde begraben, eine Anordnung, über die sich ein großes Geschrei erhob: man sagte, sie habe die kirchlichen Vorschriften übertreten und müsse den Toten wieder ausgraben lassen. Sie weigerte sich standhaft, verwischte sogar mit ihrem Äbtissinnenstab die Grenzen seines Grabes und wachte wie eine christliche Antigone über die Ruhe des Toten. Über das Kloster Rupertsberg wurde deswegen kurzerhand das Interdikt verhängt, das heißt, es wurde den Klosterfrauen verboten, die Glocken zu läuten, die Eucharistie zu feiern, kurz, jede religiöse Handlung hatte zu unterbleiben. Hildegard und ihre Schwestern litten schwer unter dieser überaus harten Strafe. Doch würde man Hildegard schlecht kennen, nähme man an, sie hätte sich dadurch in die Knie zwingen lassen. Der junge Mann hatte bereut und um Verzeihung gebeten; entweder gilt die Vergebung oder sie gilt nicht. Deswegen blieb Hildegard fest. Sie reiste nach Mainz und erzählte dem Erzbischof den wahren Sachverhalt: sie habe nicht einem Unwürdigen, sondern einem Menschen, der seine Sünden bereut hatte, das christliche Begräbnis gewährt. Der Erzbischof besaß die Größe einzusehen, daß er das Interdikt voreilig und ungerecht erlassen hatte, und hob es sogleich auf, so daß die Schwestern wieder ihren klösterlichen Gottesdienst feiern konnten. Mag dies vom heutigen Weltgeschehen aus als eine unbedeutende Tat bewertet werden, so zeigt sie doch die Größe Hildegards, indem sie sich durch nichts von dem abbringen ließ, was dem Evangelium entsprechend war. Sie hat sich schützend vor den Toten gestellt, wozu nur Heilige imstande sind. Hildegard wußte noch, was das Grab bedeutet, wie ihre griechische Schwester Antigone, von der das Wort stammt: »Nicht mitzuhassen, mitzulieben bin ich da.« Deswegen nennen wir sie eine christliche Antigone, die noch um den tiefen Sinn von Totenfeier und Totenlied, von Allerseelen und Requiem wußte, während wir in Gefahr sind, unsere Verstorbenen zu vergessen.

Inzwischen war Hildegard alt geworden. Sie erreichte sogar das für ihre Zeit hohe Alter von beinahe zweiundachtzig Jahren, was bei ihrem zarten, von Krankheiten vielfach angefochtenen Körper verwunderlich war. Dann trat ein Leiden an sie heran. Die Füße versagten ihren Dienst, und sie verlangte, auf den Fußboden ihrer Zelle gelegt zu werden. Umgeben von ihren weinenden Töchtern, starb Hildegard am 17. September 1179, während das Sterbeglöcklein läutete. Damit erlosch ein Leben, dessen wir nicht umsonst nach achthundert Jahren noch gedenken, zumal ihr Herz und ihre Zunge unverwest blieben.

Wir versuchen eine Würdigung Hildegards zu geben, die freilich nur sehr unvollkommen ausfallen kann, aber wir dürfen uns wenigstens dem Versuch nicht entziehen. Damit dies nicht überschwenglich geschehe, erinnern wir an eine Tagebuchnotiz von Ida Friedericke Görres: »Es ist sehr die Frage, ob ein Mensch wie die heilige Hildegard z. B. heute ein normales Noviziat passieren könnte, ohne als untauglich entlassen zu werden.« Wenn die Frage bejaht werden müßte, so würde dies gegen unsere Institutionen und nicht gegen Hildegard sprechen. In aller Nüchternheit sei es gesagt: Hildegard war eine souveräne Persönlichkeit. Von ihr schrieb einst Döllinger: »Sie ist eine in der ganzen christlichen Geschichte einzig und unerreicht dastehende Erscheinung. So hoch wie sie hat nie ein Prophet sein Ansehen gebracht, so allgemeinen Glauben und uneingeschränkte Verehrung hat nie ein Heiliger gefunden.« Sie wurde keine von Legenden umrankte Gestalt; Hildegard war eine herbe, in hellem Licht dastehende Persönlichkeit, die unbeirrbar ihren Weg ging. Wir sind unfähig, sie darin einzuholen.

Vor allem war Hildegard eine Frau. Sie lebte lange vor dem Zeitalter der Gleichberechtigung der Geschlechter. Die Frau war damals noch auf den zweiten, wenn nicht gar auf den dritten Platz innerhalb der menschlichen Gesellschaft verwiesen. Hildegard schob diese Vorurteile mit einer kühnen Handbewegung auf die Seite. Sie erhob zu einer Zeit, da die Frau zum Schweigen verurteilt war, ihre Stimme, mochte dies nun der damaligen Vorstellungswelt entsprechen oder nicht. Hildegard meldete sich, weil sie ein vordringliches Wort zu sagen hatte, und verschaffte damit den Frauen einen neuen Respekt.

Diese Frau war – und das ist das zweite, was hier unbedingt gesagt werden muß – eine Heilige. Zwar weiß ich, daß die Heiligen heute nicht gerade hoch im Kurs stehen, aber dies braucht uns nicht zu irritieren. Bei den Heiligen handelt es sich um Menschen, die in einer ganz besonderen Nähe Gottes standen. Durch ihre Worte und Taten zählen sie zum Leuchtendsten und Substantiellsten der ganzen zweitausendjährigen Kirchengeschichte. Wir müssen nur den Mut aufbringen, sie in ihrem ursprünglichen Licht zu sehen, indem wir die Ranken etwas zurückschneiden, die im Laufe der Zeit ihr wirkliches Leben beinahe überdeckten. Erst dann steht man vor diesen großen Nachfolgern Jesu Christi, bei deren Anblick und deren Ausstrahlung einem beinahe das Herz stille steht. Dies gilt auch von Hildegard, von der einmal gesagt wurde: »Sie war eine Bürgerin Jerusalems in Babylon.« Wir müssen von den Heiligen groß denken. Uns droht heute die Gefahr, daß wir die christliche Wahrheit als Trivialität vertreten. Ein banal aufgefaßtes Christentum ist schlimmer als Lästerung und Leugnung. Vor diesem unmerklichen Verlust bewahren uns die Heiligen, weil sie das Göttliche unverkennbar verkörpern. Eine Christenheit ohne Heilige treibt der Auflösung entgegen. Einzig die Heiligen leiten uns zu einem neuen Gott-Erleben an, zu einem Durchbruch, der die gegenwärtige Verfallsepoche überwindet.

Diese heilige Frau war ferner eine künstlerisch begabte Persönlichkeit. Hildegard war eine musische Natur, was immer ein Vorzug ist. Sie hatte einen Sinn für Poesie, die sich damals noch ganz in den Anfängen befand. Mehrfach dichtete sie Lieder. Hildegard schrieb auch die Noten zu ihren Liedern. Mit der Vertonung lebte die Heilige noch in der Gregorianik, aber sie blieb nicht bei ihr stehen, sondern schritt auf dieser Bahn weiter. Sie komponierte den Wechselgesang von weiblichen und männlichen Stimmen und fügte Solostimmen hinzu. Dadurch hatte sie eine viel farbigere Musik erreicht und die Monotonie überwunden. Das Herz erfreut sich beim Anhören von Hildegards Gesang, und man spürt, daß ihre Musik reines Lob Gottes ist.

Frau, Heilige, Künstlerin nannten wir Hildegard und sind damit noch nicht bis zu ihrer letzten Tiefe vorgedrungen. Michelangelo hat in der Sixtinischen Kapelle in Rom den alttestamentlichen Propheten ein unsterbliches Denkmal gesetzt. Zwischen den verschiedenen Prophetengestalten setzte der Maler immer wieder eine antike Sibylle, rätselhafte Seherinnen, die aus dem Orakel dem Volk die Zukunft weissagten, und die im alten Rom in schwierigen Fällen vom Senat zu Rate gezogen wurden. Von diesen weiblichen Gestalten raunte der dunkle Philosoph Heraklit von Ephesus etliche Jahrhunderte vor Christi Geburt: »Die Sibylle, die aus rasendem Munde Ungedachtes, Ungeschminktes, Ungesalbtes ertönen läßt, reicht mit ihrer Stimme durch tausend Jahre, denn so treibt sie der Gott.« Diese Worte treffen auch auf Hildegard zu. Sie war die große christliche Sibylle und war ganz sicher eine prophetische Natur. Das Prophetische besteht nicht nur in einer bloßen Zukunftsweissagung, vielmehr stellt sich der Prophet vor sein Volk und legt ihm mit kämpferischen Worten die beiden Möglichkeiten vor: das ist der Weg zum Leben und das ist der Weg zum Verderben; zwischen diesen Alternativen geht die Entscheidung. Dies und nichts anderes hat Hildegard als christliche Sibylle verstanden, sie ist eine Gestalt von seltener Wucht. Sie stand an einem Scheitelpunkt der Geschichte und sagte unmißverständlich: »Die gegenwärtige Zeit ist weichlich und schickt sich an, im Weinberg des Herrn Verwüstung anzurichten. Später werden noch schlimmere Tage kommen. Die wahren

Christen werden Verfolgung erleiden, und der katholische Thron wird ins Wanken geraten. Darauf wird eine leichte Wendung zum Besseren, aber keine ernstliche Umkehr und Einkehr eintreten.« Die christliche Sibylle weissagte zunächst. Sie prophezeite dcr Christenheit schwere Zeiten, bestürzende Verfallsepochen, wie wir sie heute wiederum erleben. Hildegard fühlte die Verantwortung des Christen, ein Bewußtsein, das uns beinahe verlorengegangen ist. Christ sein bedeutet doch nicht Schlafwandel, Gewohnheitsdasein und süßes Leben, sondern heißt, schlicht ausgedrückt, Nachfolge. Der Nachfolger aber unterstellt sein Dasein dem Wort Jesu Christi: »Ich sende euch wie Schafe mitten unter die Wölfe, selig seid ihr, wenn sie euch verlästern«, kurz: seid lebendige Zeugen des Herrn. Hildegard ruft uns die christliche Verpflichtung ins Gewissen: Wir müssen einstehen für die Wahrheit in einer Welt der Lüge, müssen unermüdlich die frohe Botschaft verkünden und allezeit hungern und dürsten nach der Gerechtigkeit. Der prophetische Geist der christlichen Sibylle wirkt zunächst unheimlich auf uns, aber dessen ungeachtet ist er es, der uns den Weg aus der Verwirrung in die neue Klarheit zeigt.

Lieder

De sancta Maria

I

O clarissima Mater sanctae medicinae,
tu unguenta per sanctum Filium tuum
infudisti in plangentia vulnera mortis,
quae Eva aedificavit in tormenta animarum.
Tu destruxisti mortem
aedificando vitam.
Ora pro nobis ad tuum Natum,
stella maris, Maria.

O vivificum instrumentum et laetum
ornamentum
et dulcedo omnium deliciarum, quae in te non
deficient.
Ora pro nobis ad tuum Natum,
stella maris, Maria.

Gloria Patri et Filio et Spiritui Sancto.
Ora pro nobis ad tuum Natum,
stella maris, Maria.

An Maria

I

O lichte Mutter der heiligen Heilkunst,
durch deinen heiligen Sohn hast Salböl du
gegossen
in Wund und Wehe des Todes,
das Eva hat gebracht zum Schmerz der Seelen.
Den Tod hast du vernichtet
und aufgebaut das Leben.
Bitt deinen Sohn für uns,
du Meeresstern, Maria!

Mittlerin des Lebens und Freude voll Glanz,
Köstlichkeit jeglicher Wonnen, die allzeit
dir eigen!
Bitte deinen Sohn für uns,
du Meeresstern, Maria!

Dem Vater sei die Ehre, dem Sohn und
Heiligen Geist!
Bitt deinen Sohn für uns,
du Meeresstern, Maria!

II

Hodie aperuit nobis clausa porta,
quod serpens in muliere suffocavit.
Unde lucet in aurora
flos de Virgine Maria.

III

Quia ergo femina mortem instruxit,
clara Virgo illam interemit,
et ideo est summa benedictio
in feminea forma
prae omni creatura,
quia Deus factus est homo
in dulcissima et beata Virgine.

II

Heute hat das verschloßne Tor uns geöffnet,
was die Schlange im Weibe erstickte.
Darum leuchtet im Morgenrot
die Blüte aus der Jungfrau Maria.

III

Den Tod, den eine Frau gebracht,
hat eine lichte Jungfrau überwunden.
So ruht der höchste Segen
– vor jeder Kreatur –
auf der Gestalt der Frau.
Denn Gott ist Mensch geworden
in einer Jungfrau, einzig geliebt und gesegnet.

IV

Cum erubuerint infelices in progenie sua,
procedentes in peregrinatione casus,
tunc tu clamas clara voce,
hoc modo homines elevans
de isto malitioso casu.

V

O frondens virga,
in tua nobilitate stans
sicut aurora procedit.
Nunc gaude et laetare
et nos debiles dignare
a mala consuetudine liberare,
atque manum tuam porrige
ad erigendum nos.

IV

Die Unglückseligen, in ihren Geschlechtern errötend,
sie schritten dahin im Elend des Falles.
Da rufst du sie mit heller Stimme
und richtest so den Menschen auf
aus seinem heillos tiefen Fall.

V

O grünend Reis,
du stehst in deinem Adel da,
so wie die Morgenröte sich erhebt.
Nun freue dich und juble,
befrei uns Schwache gnädiglich
von dem gewohnten Bösen,
und strecke deine Hände aus,
uns aufzurichten!

VI

O virga ac diadema purpurae Regis,
quae es in clausura tua sicut lorica.

Tu frondens floruisti in alia vicissitudine,
quam Adam omne genus humanum
produceret.

Ave, ave,
de tuo ventre alia vita processit,
qua Adam filios suos denudaverat.

O flos, tu non germinasti de rore
nec de guttis pluviae, nec aer desuper te
volavit,
sed divina claritas in nobilissima virga
te produxit.

O virga, floriditatem tuam
Deus in prima die creaturae suae praeviderat.

Et de Verbo suo auream materiam,
o laudabilis Virgo, fecit.

VI

O Reis und Diadem im königlichen Purpur,
verschlossen bist du, einer Brünne gleich.

Du grünst und blühst auf andre Art
als Adam, der den Menschen gab das Leben.

Gegrüßt, gegrüßt seist du!
Aus deinem Leibe ging hervor das neue Leben,
als Adam seine Kinder des Lebens hat
entblößt.

O Blüte du, nicht Tau, noch Rieselregen,
noch Windeswehn bist du entsprossen,
vielmehr hat dich die Gottesherrlichkeit
am edlen Reis erweckt.

O Reis, dein Blühn hat Gott vorausgeschaut
am ersten Tage seiner Schöpfung.

Aus seinem Wort hat er erschaffen
den goldnen Schoß, o Jungfrau hochgepriesen.

O quam magnum est in viribus suis latus viri,
de quo Deus formam mulieris produxit,
quam fecit speculum omnis ornamenti sui
et amplexionem omnis creaturae suae.

Inde concinunt caelestia organa,
et miratur omnis terra, o laudabilis Maria,
quia Deus te valde amavit.

O quam valde plangendum et lugendum est,
quod tristitia in crimine per consilium serpentis
in mulierem fluxit.

Nam ipsa mulier, quam Deus matrem
omnium posuit,
viscera sua cum vulneribus ignorantiae
decerpsit
et plenum dolorem generi suo protulit.

Wie kraftvoll ist des Mannes Seite,
aus ihr schuf Gott der Frau Gestalt,
zum Spiegel seiner Schönheit schuf er sie,
zur Mutter, die umfängt all seine Kreatur.

Darob die Himmelsharfen klingen,
die ganze Erde staunt, Maria, Lob sei dir,
wie Gott gar sehr dich hat geliebt.

Ach, welcher Schmerz, o welche Trauer,
da durch die List der Schlange
der Sünde Not die Frau befiel.

Denn sie, die Gott zur Mutter aller hat gesetzt,
sie schlug ihr Herz mit Wunden eitlen Tuns,
gebar das tiefste Leid den Kindern.

Sed, o aurora, de ventre tuo
novus sol processit,
qui omnia crimina Evae abstersit
et maiorem benedictionem per te protulit,
quam Eva hominibus nocuisset.

Unde, o Salvatrix, quae novum lumen
humano generi protulisti,
collige membra Filii tui
ad caelestem harmoniam.

VII

O tu illustrata de divina claritate,
clara Virgo Maria,

Verbo Dei infusa,
unde venter tuus floruit
de introitu Spiritus Dei,
qui in te sufflavit, et in te te exsuxit,
quod Eva abstulit
in abscisione puritatis
per contractam contagionem
de suggestione Diaboli.

Doch stieg aus deinem Schoß, o Morgenrot,
die neue Sonne auf,
die alle Sünden Evas hat getilgt.
Der Segen strömt durch dich nun reicher
als das Unheil, das Eva einst den Menschen
hat gebracht.
O Retterin, du hast dem menschlichen
Geschlecht
das neue Licht geboren,
so sammle denn die Glieder deines Sohnes
zur einen Himmelsharmonie.

VII

O du, erleuchtet vom göttlichen Licht,
du lichte Jungfrau Maria,

vom Worte Gottes durchflutet,
erblühte dein Leib,
da Gottes Geist in dich einging, der dich
durchwehte, er saugte das in sich hinein,
was Eva von sich geworfen.
Die Reinheit verlor sie
durch sünd'ge Berührung
aus teuflischer List.

Tu mirabiliter abscondisti in te immaculatam carnem
per divinam rationem,
cum Filius Dei
in ventre tuo floruit,
sancta Divinitate eum educente
contra carnis iura,
quae construxit Eva,
integritati copulatum
in divinis visceribus.

VIII

O quam pretiosa est
virginitas Virginis huius,
quae clausam portam habet,
et cuius viscera sancta Divinitas
calore suo infudit,
ita quod flos in ea crevit,
et Filius Dei
per secreta ipsius
quasi aurora exivit.

Wie wunderbar hast du nach göttlichem
Ratschluß
das Fleisch ohne Makel umschlossen,
da in deinem Leibe erblühte
der göttliche Sohn.
Die heilige Gottheit, sie bracht ihn hervor
– entgegen dem Fleischesgesetze,
das Eva uns brachte –,
ihn, der im Schoße der Gottheit
dem Unversehrt-Heilen vereint ist.

VIII

O wie kostbar
ist die Unberührtheit dieser Jungfrau!
Es war verschlossen ihre Pforte,
die heil'ge Gottheit hat mit ihrer Glut
durchflutet ihren Schoß,
so daß aus ihr die Blüte wuchs.
Und Gottes Sohn,
er ging aus ihrem Schoß hervor
gleichwie das Morgenrot.

Unde dulce germen, quod ipsius Filius est,
per clausuram ventris eius
paradisum aperuit.
Et Filius Dei
per secreta ipsius
quasi aurora exivit.

IX

O virdissima virga, ave,
quae in ventoso flabro sciscitationis
sanctorum
prodisti.

Cum venit tempus,
quod tu floruisti in ramis tuis,
ave, ave sit tibi,
quia calor solis in te sudavit
sicut odor balsami.

Nam in te floruit pulcher flos,
qui odorem dedit omnibus aromatibus,
quae arida erant.
Et illa apparuerunt omnia in viriditate plena.

Der zarte Sproß, ihr Sohn,
hat so durch den verschloßnen Leib
geöffnet uns das Paradies.
Und Gottes Sohn,
er ging aus ihrem Schoß hervor
gleichwie das Morgenrot.

IX

Du leuchtend grünes Reis, o sei gegrüßt!
Im Geistes-Wehn und Forschen heil'ger Männer
bist du ans Licht getreten.

Es kam die Zeit,
daß du in deinen Zweigen blühtest,
gegrüßt, gegrüßt seist du!
Der Sonne Glut, sie strömte von dir aus
wie Balsamduft.

Denn in dir war erblüht die schöne Blume,
sie schenkte ihren Duft
all den Gewürzen, die da dürre waren.
Da prangten alle sie in sattem Grün.

Unde caeli dederunt rorem super gramen,
et omnis terra laeta facta est,
quoniam viscera ipsius frumentum
protulerunt,
et quoniam volucres caeli nidos in ipsa
habuerunt.

Deinde facta est esca hominibus
et gaudium magnum epulantium.

Unde, o suavis Virgo,
in te non deficit ullum gaudium.
Haec omnia Eva contempsit.
Nunc autem laus sit Altissimo.

Die Himmel schenkten Tau dem Gras,
die ganze Erde ward erfreut:
es brachte ja ihr Schoß nun Korn hervor,
und auf ihr nisteten des Himmels Vögel.

So ward den Menschen Speise,
und große Freude herrschte bei den
Mahlgenossen.

Und darum ist, o milde Jungfrau,
in dir die Fülle aller Freude.
All dies hat Eva einst verachtet.
Doch nun sei Lob dem Allerhöchsten!

Caritas abundat

Caritas abundat in omnia,
de imis excellentissima super sidera,
atque amantissima in omnia,
quia summo Regi
osculum pacis dedit.

Die Liebe überflutet das All

Von der Tiefe bis hoch zu den Sternen
überflutet die Liebe das All,
sie ist liebend, zugetan allem,
da dem König, dem höchsten,
sie den Friedenskuß gab.

Laus Trinitati

Laus Trinitati,
quae sonus et vita
ac creatrix omnium in vita ipsorum est.
Et quae laus angelicae turbae
et mirus splendor arcanorum,
quae hominibus ignota sunt, est,
et quae in omnibus vita est.

Lob auf die Dreieinigkeit

Lob sei der Dreieinigkeit!
Sie ist Klang und Leben,
Schöpferin des Alls, Lebensquell von allem,
Lob der Engelscharen,
wunderbarer Glanz all des Geheimen,
das den Menschen unbekannt,
und in allem ist sie Leben.

De Angelis

O gloriosissimi, lux vivens, Angeli,
qui infra Divinitatem divinos oculos
cum mystica obscuritate omnis creaturae
aspicitis in ardentibus desideriis,
unde numquam potestis satiari.
O quam gloriosa gaudia illa vestra habet forma,
quae in vobis est intacta ab omni pravo opere,
quod primum ortum est in vestro socio,
perdito Angelo,
qui volare voluit
supra intus latens pinnaculum Dei,
unde ipse tortuosus demersus est in ruinam,
sed ipsius instrumenta casus
consiliando facturae digiti Dei
instituit.

An die Engel

Ruhmreiche Engel, lebendiges Licht,
inmitten der Gottheit erschaut ihr die
göttlichen Augen
– im mystischen Dunkel der Schöpfung,
in glühender Sehnsucht –,
daran ihr euch nimmer ersättigen könnt.
Welch sieghafte Freude birgt eure Natur,
die unberührt ist von der sündhaften Tat,
so wie sie im Anfang in eurem Gefährten
erstand,
dem Engel, der fiel,
der zu fliegen verlangte
über die innen verbogenen Zinnen der
Gottheit –
da stürzt er qualvoll hinab in den Abgrund.
Doch noch seines Falles Werkzeug setzte er ein:
den Rat, den er eingab dem Menschen,
dem Gebilde aus Gottes Hand.

De Apostolis

O lucidissima Apostolorum turba,
surgens in vera agnitione,
et aperiens clausuram
magisterii Diaboli,
abluendo captivos
in fonte viventis aquae,
tu es clarissima lux
in nigerrimis tenebris,
fortissimumque genus columnarum,
sponsam Agni sustentans
in omnibus ornamentis ipsius,
per cuius gaudium
ipsa mater et virgo est vexillata.

Agnus enim immaculatus
est Sponsus ipsius Sponsae immaculatae.

An die Apostel

O leuchtende Schar der Apostel,
hochragend in wahrer Erkenntnis,
des Teufels verschlossenen Herrschaftsbereich,
du hast ihn geöffnet,
du wuschest, die waren gefangen,
im Quell des lebendigen Wassers.
In schwärzester Finsternis
bist du das leuchtende Licht,
das überaus starke Geschlecht jener Säulen,
das stützt die Gemahlin des Lammes
in all ihrer Schönheit.
Zur Freude des Lammes
erhebt diese Mutter und Jungfrau das Banner.

Das Lamm ohne Fehl
ist Gemahl der Braut ohne Makel.

De Martyribus

Vos flores rosarum,
qui in effusione sanguinis vestri beati estis,
in maximis gaudiis redolentibus
et sudantibus in emptione,
quae fluxit de interiori mente consilii,
manentis ante aevum,
in illo, in quo non erat constitutio a capite.

Sit honor in consortio vestro,
qui estis instrumentum Ecclesiae,
et qui in vulneribus vestri sanguinis undatis.
In illo, in quo non erat constitutio a capite.

An die Martyrer

Blühende Rosen, selig seid ihr
durch das Verströmen eures Blutes.
Und eure jubelnden Freuden, sie duften
und sprossen aus der Erlösung,
die da entsprang dem Ratschluß des innersten Herzens
vor allem Zeitenbeginn
in ihm, der da war ohne Anfang.

Ehre sei eurer Gemeinschaft!
Euch, die ihr seid durch den Blutstrom der Wunden
Werkzeug der Kirche
in ihm, der da war ohne Anfang.

De Innocentibus

Rex noster promptus est
suscipere sanguinem Innocentum.
Unde Angeli concinunt et in laudibus sonant,
sed nubes super eundem sanguinem
plangunt.

Tyrannus autem in gravi somno mortis
propter malitiam suam suffocatus est.
Sed nubes super eundem sanguinem
plangunt.

Gloria Patri et Filio et Spiritui Sancto.
Sed nubes super eundem sanguinem
plangunt.

An die Unschuldigen Kinder

Unser König ist bereit,
aufzunehmen der Unschuldigen Kinder Blut.
Engel singen darob hellen Lobpreis.
Doch die Wolken ob des Blutes
klagen Weh.

Der Tyrann ob seiner Bosheit aber
ward im schweren Todesschlaf erwürgt.
Doch die Wolken ob des Blutes
klagen Weh.

Ehre sei dem Vater, dem Sohn und Heiligen
Geist!
Doch die Wolken ob des Blutes
klagen Weh.

O virtus Sapientiae

O virtus Sapientiae,
quae circuiens circuisti
comprehendo omnia
in una via, quae habet vitam,
tres alas habens,
quarum una in altum volat,
et altera de terra sudat,
et tertia undique volat.
Laus tibi sit, sicut te decet, o Sapientia.

O Kraft der Weisheit

O Kraft der Weisheit, umkreisend die Bahn,
die eine des Lebens,
ziehst um das All die Kreise,
alles umfangend!
Drei Flügel hast du:
In die Höhe empor schwingt der eine,
auf der Erde müht sich der zweite,
und allüberall schwingt der dritte.
Lob sei dir, Weisheit, würdig des Lobes!

O QUAM MIRABILIS

O quam mirabilis est praescientia divini
pectoris,
quae praescivit omnem creaturam.
Nam cum Deus inspexit faciem hominis,
quem formavit,
omnia opera sua
in eadem forma hominis integra aspexit.
O quam mirabilis est inspiratio,
quae hominem sic suscitavit.

Gottes Vorausschau

Wie wunderbar ist doch das Wissen im Herzen der Gottheit,
das urewig jedes Geschöpf hat erschaut!
Denn Gott, da er blickte ins Antlitz des Menschen,
den er gebildet,
er sah all sein Werk insgesamt
in dieser Menschengestalt.
Wie wunderbar ist dieser Hauch,
der also den Menschen erweckte!

De sancto Ruperto

O Jerusalem, aurea civitas,
ornata Regis purpura.

O aedificatio summae bonitatis,
quae es lux numquam obscurata.
Tu enim es ornata in aurora et in calore solis.

O beata pueritia, quae rutilas in aurora,
et o laudabilis adolescentia, quae ardes in sole.

Nam tu, o nobilis Ruperte,
in his sicut gemma fulsisti,
unde non potes abscondi
stultis hominibus
sicut nec mons valli celatur.

Fenestrae tuae, Jerusalem,
cum topazio et saphiro
specialiter sunt decoratae.

An den heiligen Rubertus

Jerusalem, du goldne Stadt,
geschmückt mit Königspurpur!

O Bauwerk du der höchsten Güte,
ein Licht bist du, das nie verdunkelt,
du strahlst im Morgenrot und in der Sonne Glut.

Du selige Kindheit schimmerst hell im Frührot,
o lobenswerte Jugend, du glühest in der Sonne.

Denn du, edler Rupertus,
erstrahlst darin wie eine Gemme,
so kannst du nicht verborgen bleiben
den Menschen, die da töricht,
so wie der Berg vom Tal nicht wird verdeckt.

Jerusalem, die Fenster dein
sind mit Topas und Saphir
gar wunderbar geschmückt.

In quibus dum fulges, o Ruperte,
non potes abscondi tepidis moribus,
sicut nec mons valli,
coronatus rosis, liliis et purpura,
i vera ostensione.

O tener flos campi,
et o dulcis viriditas pomi,
et o sarcina sine medulla,
quae non flectit pectora in crimina.

O vas nobile,
quod non est pollutum nec devoratum
in saltatione antiquae speluncae,
et quod non est maceratum
in vulneribus antiqui perditoris.

In te symphonizat Spiritus Sanctus,
quia angelicis choris associaris,
et quoniam in Filio Dei ornaris,
cum nullam maculam habes.

In ihnen leuchtest du, Rupertus.
Den lauen Sitten kannst du nicht verborgen
bleiben,
gleichwie der Berg,
umkränzt mit Rosen, Lilien und mit
Purpurpracht,
dem Tal sich offen zeigt.

Des Feldes zarte Blüte du,
o sattes Grün der süßen Frucht,
o Last du, ohne Schwere,
die nicht die Herzen zieht herab zur Sünde.

Erlesenes Gefäß,
befleckt nicht, noch verschlungen
vom Tanze in der alten Höhle,
auch nicht entkräftet durch die Wunden,
die schlug der alte Feind.

Es spielt und singt in dir der Heilige Geist,
da du den Engelchören bist geeint,
und weil im Sohne Gottes du gerüstet bist,
hast keine Makel du.

Quod vas decorum tu es, o Ruperte,
qui in pueritia et in adolescentia tua ad Deum
anhelasti
in timore Dei et in amplexione caritatis
et in suavissimo odore bonorum operum.

O Jerusalem, fundamentum tuum positum est
cum torrentibus lapidibus,
quod est cum publicanis et peccatoribus,
qui perditae oves erant, sed per Filium Dei
inventae
ad te cucurrerunt et in te positi sunt.

Deinde muri tui fulminant vivis lapidibus,
qui per summum studium bonae voluntatis
quasi nubes in caelo volaverunt.

Et ita turres tuae, o Jerusalem,
rutilant et candent
per ruborem et per candorem sanctorum
et per omnia ornamenta Dei,
quae tibi non desunt, o Jerusalem.

Ja, ein Gefäß der Schönheit bist du, o Rupertus,
du hast als Knabe und als Jüngling dich
nach Gott gesehnt
in Gottesfurcht und starker Liebe
und in dem süßen Duft von guten Werken.

Jerusalem, ein Fundament, es ward erbaut
aus abgestürzten Steinen,
das waren Zöllner, waren Sünder,
verlorne Schafe; doch von Gottes Sohn
gefunden,
eilten sie zu dir und wurden in dich eingefügt.

So blitzen deine Mauern von lebend'gen
Steinen,
die durch den großen Eifer guten Wollens
wie Wolken flogen hoch am Himmel.

Jerusalem, so schimmern deine Türme auf
wie Gold und strahlen hell
vom Purpur und vom lichten Glanz der
Heiligen,
von allen Herrlichkeiten Gottes,
die dir sind eigen, o Jerusalem.

Unde vos, o ornati et o coronati,
qui habitatis in Jerusalem,
et o tu, Ruperte, qui es socius eorum in hac
habitatione,
succurrite nobis famulantibus
et in exilio laborantibus.

Bewohner von Jerusalem,
geschmückte und gekrönte,
und du, Rupertus, Gefährte dieser
Wohnstatt,
uns Dienerinnen eilt zu Hilfe,
wir mühen uns gar sehr in der Verbannung.

De undecim milibus Virginibus

I

Studium Divinitatis in laudibus excelsis
osculum pacis Ursulae virgini
cum turba sua in omnibus populis dedit.

Unde quocumque venientes perrexerunt,
velut cum gaudio caelestis paradisi susceptae
sunt,
quia in religione morum honorifice
apparuerunt.

De patria etiam earum et de aliis regionibus
viri religiosi et sapientes ipsis adiuncti sunt,
qui eas in virginea custodia servabant,
et qui eis in omnibus ministrabant.

AN (DIE HEILIGE URSULA UND) DIE ELFTAUSEND JUNGFRAUEN

I

Der Liebeseifer Gottes gab mit höchstem
Lobpreis
der Jungfrau Ursula und ihrer Schar
den Friedenskuß inmitten aller Völker.

Wohin auf ihrem Weg sie kamen,
nahm man sie auf mit Freuden wie vom
Himmel und vom Paradies,
denn ehrenvoll erschienen sie in ihrem
heil'gen Wandel.

Es schlossen gottverbundene und weise
Männer
aus ihrer Heimat und aus andren Ländern sich
ihnen an,
sie boten ihnen Schutz, zu wahren die
Jungfräulichkeit,
und dienten ihnen immerdar.

Deus enim in prima muliere praesignavit,
ut mulier a viri custodia nutriretur.

Aer enim volat
et cum omnibus creaturis officia sua exercet,
et firmamentum eum sustinet,
ac aer in viribus istius pascitur.

II

Et ideo puellae istae
per summum virum sustentabantur,
vexillatae
in regali prole virgineae naturae.

Deus enim rorem in illas misit,
de quo multiplex fama crevit,
ita quod omnes populi ex hac honorabili fama
velut cibum gustabant.

Sed Diabolus in invidia sua
istud irrisit,
qua nullum opus Dei
intactum dimisit.

Denn in der ersten Frau hat Gott es
vorgezeichnet, die Frau,
sie sei geheget in dem Schutz des Mannes.

Die Luft, sie fliegt dahin,
vollbringt den Dienst mit allen Kreaturen,
doch ist das Firmament ihr Halt,
die Luft, sie wird durch seine Kraft getragen.

II

So war auch er, der Höchste,
der Halt der Jungfrauen.
Sie trugen ja das Banner
vom Königssohn der Jungfrau.

Gott sandte nämlich seinen Tau auf sie herab,
daraus erwuchs ein Ruhm, gar weit verbreitet,
so daß die Völker alle diesen hohen Ruhm
wie Speise kosteten.

Der Teufel aber voller Neid
goß seinen Spott darüber.
Denn niemals hat ein Gotteswerk
er unberührt gelassen.

III

O Ecclesia, oculi tui similes saphiro sunt
et aures tuae monti Bethel,
et nasus tuus est sicut mons myrrhae et thuris,
et os tuum quasi sonus aquarum multarum.

In visione verae fidei
Ursula Filium Dei amavit,
et virum cum hoc saeculo reliquit,
et in solem aspexit,
atque pulcherrimum iuvenem vocacit, dicens:

»In multo desiderio desideravi
ad te venire et in caelestibus nuptiis
tecum sedere,
per alienam viam ad te currens velut nubes,
quae in purissimo aere currit similis saphiro.«

Et postquam Ursula sic dixerat,
rumor iste per omnes populos exiit.

III

O Kirche, deine Augen gleichen einem Saphir,
und deine Ohren sind dem Berge Bethel gleich,
und deine Nase wie ein Berg von Myrrhe
und von Weihrauch ist,
dein Mund wie vieler Wasser Rauschen.

In der Schau des wahren Glaubens
hat Ursula den Gottessohn geliebt,
sie hat dem Mann und dieser Welt entsagt
und blickte in die Sonne,
den schönsten Jüngling rief sie, und sie sprach:

»In großer Sehnsucht hab ich mich gesehnt,
zu dir zu kommen und in himmlischer
Vermählung
bei dir zu weilen.
Auf unbekanntem Wege eilte ich zu dir,
wie eine Wolke,
die im reinen, saphirblauen Äther fliegt.«

Als Ursula also gesprochen,
da ging es wie ein Raunen durch die Völker.

Et dixerunt: »Innocentia puellaris ignorantiae
nescit, quid dicit.«

Et coeperunt ludere cum illa
in magna symphonia,
usque dum ignea sarcina super eam cecidit.

Unde omnes cognoscebant,
quia contemptus mundi est sicut mons Bethel.
Et cognoverunt etiam
suavissimum odorem myrrhae et thuris,
quoniam contemptus mundi super omnia
ascendit.

Tunc Diabolus membra sua invasit,
quae nobilissimos mores in corporibus istis
occiderunt.

Et hoc in alta voce omnia elementa audierunt
et ante thronum Dei dixerunt:

»Wach! rubicundus sanguis innocentis Agni
in desponsatione sua
effusus est.«

Sie sprachen: »Die mädchenhafte Unschuld,
sie weiß in ihrer Einfalt nicht, was sie da sagt.«

Und sie begannen,
mit großem Tonaufwand bei ihr zu spielen,
bis eine Feuergarbe auf sie niederfiel.

Und da erkannten alle:
Die Weltverachtung gleicht dem Berge Bethel.
Und sie erkannten auch
den süßen Duft von Myrrhe und von
Weihrauch,
denn über alles steigt empor die Weltverachtung.

Da schickte aus der Teufel seine Mannen,
das Edelste an diesen Mädchen zu zerstören.

Und alle Elemente hörten das, was laut
sich kundtat,
und vor dem Throne Gottes riefen sie:

»O weh, das leuchtendrote Blut des
sündenlosen Lammes,
es ward vergossen,
da es sich ihnen hat vermählt!«

Hoc audiant omnes caeli
et in summa symphonia laudent Agnum Dei,
quia guttur serpentis antiqui in istis margaritis
materiae Verbi Dei suffocatum est.

Es mögen hören alle Himmel,
in vollem Chor dem Gotteslamm lobsingen:
Der alten Schlange Rachen ward erstickt
durch diese Perlen, die durch Gottes Wort
erschaffen.

De sancto Matthia

Matthias, sanctus per electionem,
vir proeliator per victoriam,
ante sanguinem Agni electionem non habuit,
sed tardus in scientia fuit,
quasi homo qui perfecte non vigilat.

Donum Dei illum excitavit,
unde ipse prae gaudio
sicut gigas in viribus suis surrexit,
quia Deus illum praevidit
sicut hominem,
quem de limo formavit,
cum primus angelus cecidit,
qui Deum negavit.

Homo qui electionem vidit,
vae, vae, cecidit.
Boves et arietes habuit,
sed faciem suam ab eis retrorsum duxit,
et illos dimisit.

An den heiligen Matthias

Matthias, heilig durch Wahl
und siegreich im Kampf,
war nicht erwählt, bevor das Lamm sein
Blut vergossen.
Nur zögernd kam er zur Erkenntnis,
so wie ein Mensch, der noch nicht völlig wach.

Die Gnade Gottes hat ihn aufgeweckt,
vor Freude sprang er auf,
dem Riesen gleich in seiner Kraft.
Denn Gott hat ihn vorausgeschaut
wie jenen Menschen,
den er aus Lehm gebildet,
nachdem der Fürst der Engel,
der Leugner Gottes, war gefallen.

Der Mensch, der die Erwählung sah,
o wehe, weh, er fiel!
Rinder und Widder waren ihm eigen,
doch wandte sein Antlitz er von ihnen weg
und ließ sie im Stich.

Unde foveam carbonum invasit,
et desideria sua osculatus,
in studio suo
illa sicut Olympum erexit.

Tunc Matthias per electionem Divinitatis
sicut gigas surrexit,
quia Deus illum posuit in locum,
quem perditus homo noluit.
O mirabile miraculum,
quod sic in illo resplenduit!

Deus enim ipsum praevidit
in miraculis suis,
cum nondum haberet meritum operationis,
sed mysterium Dei in illo gaudium habuit,
quod idem per institutionem suam
non habebat.

So fiel er in die schwarze Grube,
gab seiner Lust sich hin,
hob sie in Leidenschaft empor
wie den Olymp.

Da stand durch Gottes Wahl
Matthias wie ein Riese auf.
Gott stellte ihn an jenen Platz,
den der verlorne Sohn verschmäht.
O staunenswertes Wunder,
das also in ihm widerstrahlte!

Denn Gott, er hatte ihn
in seinen Wundern schon vorausgeschaut,
als er noch kein Verdienst erwirkt.
Doch das Geheimnis Gottes an ihm Freude fand,
die von Natur aus
ihm nicht eignete.

O gaudium gaudiorum,
quod Deus sic operatur,
cum nescienti homini gratiam suam impendit,
ita quod parvulus nescit,
ubi magnus volat,
cuius alas Deus parvulo tribuit.

Deus enim gustum in illo habet,
qui seipsum nescit,
quia vox eius ad Deum clamat,
sicut Matthias fecit, qui dixit:
»O Deus, Deus meus, qui me creasti,
omnia opera mea tua sunt.«

Nunc ergo gaudeat omnis Ecclesia in Matthia,
quem Deus in foramine columbae
sic elegit. Amen.

O Freude aller Freuden,
daß Gott so wirkt:
Er schenket seine Gnade dem Nichtwissenden,
so wie ein Kind es nicht versteht,
wohin der Flug des Großen geht,
dem Gott als Kind schon Flügel gab.

Denn Wohlgefallen findet Gott an dem,
der da sich selbst nicht kennt,
da seine Stimme schreit auf zu Gott,
so wie Matthias tat, der sprach:
»O Gott, mein Gott, du bist's, der mich erschaffen,
und alle meine Werke, sie sind dein!«

Nun also freue sich die ganze Kirche in Matthias,
den Gott, gleich einer Taube im Versteck,
hat so erwählt. Amen.

De sancto Bonifatio

O Bonifati,
lux vivens vidit te
similem viro sapienti,
qui puros rivulos ex Deo fluentes
ad Deum remisisti,
cum viriditatem florum rigasti.
Unde es amicus Dei viventis
et cristallus lucens
in benevolentia rectarum viarum,
in quibus sapienter cucurristi.

An den heiligen Bonifatius

O Bonifatius,
dich hat das lebendige Licht
erschaut als Mann voller Weisheit.
Die reinen Gewässer, die strömen aus Gott,
du führtest sie wieder zu Gott hin zurück,
als du da getränket das Grün all der Blumen.
So bist du ein Freund des lebendigen Gottes,
Kristall, der erstrahlt
von der Lust an den richtigen Wegen,
die du weise durchlaufen.

De sancto Euchario

O Euchari, in laeta via ambulasti,
ubi cum Filio Dei mansisti,
illum tangendo et miracula eius
quae fecit videndo.

Tu eum perfecte amasti,
cum sodales exterriti erant,
pro eo quod homines erant,
nec possibilitatem habebant bona perfecte
intueri.

Tu autem in ardenti amore plenae caritatis
illum amplexus es,
cum manipulos praeceptorum eius
ad te collegisti.

O Euchari, valde beatus fuisti,
cum Verbum Dei te in igne columbae
imbuit,
ubi tu quasi aurora illuminatus es,
et sic fundamentum Ecclesiae
aedificasti.

An den heiligen Eucharius

Eucharius, auf frohem Weg bist du gewandelt,
da du beim Sohne Gottes harrtest aus,
ihn hast berührt und dadurch seine Wunder,
die er wirkte, auch geschaut.

Vollkommen hast du ihn geliebt,
als die Gefährten dein der Schrecken hat
befallen,
weil sie ja Menschen waren und nicht fähig,
das Gute gänzlich zu erkennen.

Du aber hast umfangen ihn
in deiner Sehnsucht Glut nach voller Liebe,
da du die Garben der Gebote sein
in dir gesammelt hast.

Eucharius, glückselig warest du,
als Gottes Sohn dich unterwies
im Feuerbrand der Taube,
da strahltest du wie Morgenrot
und hast also erbaut
das Fundament der Kirche.

Et in pectore tuo coruscat dies,
in quo tria tabernacula super marmoream
columnam stant
in civitate Dei.

Per os tuum Ecclesia ruminat
vetus et novum vinum
videlicet poculum sanctitatis.

Sed et in tua doctrina
Ecclesia effecta est rationalis,
ita quod supra montes clamavit,
ut colles et ligna se declinarent
ac mamillas illius sugerent.

Nunc in tua clara voce
Filium Dei ora pro hac turba,
ne in ceremoniis Dei deficiat,
sed ut vivens holocaustum
ante altare Dei fiat.

In deinem Herzen leuchtet auf der Tag,
an dem drei Zelte über Marmorsäulen
dort stehen in der Gottesstadt.

Durch deinen Mund reicht immer wieder
die Kirche dar den alten und den neuen Wein,
das heißt, den Kelch der Heiligkeit.

Durch deine Lehre ward die Kirche
erfüllt mit Einsicht,
so daß ihr Ruf die Berge übertönte,
sich neigten Hügel, neigten Wälder,
die nährten sich an ihrer Brust.

Nun bitte du mit mächt'ger Stimme
beim Gottessohn für diese Schar,
daß sie im feierlichen Gottesdienst nicht
lässig sei,
vielmehr ein ganz lebendig Brandopfer
vor dem Altare Gottes werde.

De sancto Maximino

Columba aspexit per cancellos fenestrae,
ubi ante faciem eius sudando sudavit
balsamum
de lucido Maximino.

Calor solis exarsit
et in tenebras resplenduit,
unde gemma surrexit
in aedificatione templi purissimi cordis
benevoli.

Iste turris excelsa,
de ligno Libani et cypresso facta,
hyacintho et sardio ornata est,
urbs praecellens artes
aliorum artificum.

Ipse velox cervus cucurrit
ad fontem purissimae aquae,
fluentis de fortissimo lapide,
qui dulcia aromata irrigavit.

An den heiligen Maximin

Die Taube blickte durch des Fensters Gitter,
als Balsamduft vor ihrem Antlitz aufstieg
von Maximin, dem leuchtenden.

Der Sonne Glut entbrannte
und machte hell das Dunkel,
da strahlte eine Gemme auf
im reinen Tempel seines güt'gen Herzens.

Ein hoher Turm ist er,
erbaut vom Holz des Libanon und der
Zypresse,
geschmückt mit Hyazinth und Sardis,
auch eine Stadt, die übertrifft bei weitem
die Werke andrer Künstler.

Er ist gelaufen wie der schnelle Hirsch
zum Quell vom reinsten Wasser,
der fließt aus festestem Gestein
und tränket süße Kräuter, die da würzen.

O pigmentarii,
qui estis in suavissima viriditate hortorum
Regis,
ascendentes in altum,
quando sanctum sacrificium in arietibus
perfecistis.

Inter vos fulget hic artifex,
paries templi,
qui desideravit alas aquilae,
osculando nutricem Sapientiam
in gloriosa foecunditate Ecclesiae.

O Maximine, mons et vallis es,
et in utroque alta aedificatio appares,
ubi capricornus cum elephante exivit,
et Sapientia in deliciis fuit.

Tu es fortis et suavis
in ceremoniis,
et in coruscatione altaris ascendens,
ut fumus aromatum ad columnam laudis.

O Diener ihr des Salböls,
im schönsten Grün der Königsgärten
waltend!
Zur Höhe steiget ihr empor,
wenn ihr das heilge Opfer, das von Widdern,
darbringt.

In eurer Mitte leuchtet dieser Meister
als Pfeiler dieses Tempels,
der sich nach Adlerschwingen sehnte
und von der Weisheit ward genährt
aus reicher Fruchtbarkeit der Kirche.

Du, Maximin, bist Berg und Tal,
als hoher Bau ragst hier wie dort du auf,
da wo der Steinbock auszog mit dem Elefanten
und wo die Weisheit voller Wonne weilte.

Beim feierlichen Gottesdienst
bist stark du und bist milde,
im Lichtglanz des Altares steigest du empor
zu einer Lobessäule, gleich wie Weihrauchduft.

Ubi intercedis pro populo,
qui tendit ad speculum lucis,
cui laus est in altis.

Dort trittst du bittend ein fürs Volk,
das strebt zum Widerschein des Lichtes,
dem Lob ist in der Höhe.

Hildegard von Bingen, geboren 1098 in Bermersheim bei Alzey, hatte schon als Kind Visionen. Mit dem *Liber Scivias*, worin die Mystikerin ihre Geschichte und Gespräche mit Christus aufzeichnete, löste sie unter ihren Zeitgenossen gewaltiges Echo aus. Bedeutendste Persönlichkeiten wie Kaiser Friedrich I. (Barbarossa) und Bernhard von Clairvaux traten darauf mit ihr in einen Briefwechsel. 1179 starb Hildegard in ihrem Kloster bei Bingen, wo sie mehr als dreißig Jahre Äbtissin gewesen war.

Kleine Diogenes Taschenbücher

Die Bergpredigt
Aktuelle Texte aus dem Neuen Testament. Ausgewählt von Christian Strich. Mit einem Vorwort von H.G. Wells

Albert Camus
Weder Opfer noch Henker. Über eine neue Weltordnung. Mit einem Nachwort von Heinz Robert Schlette und einem Beitrag von Hans Mayer

Anton Čechov
Die Dame mit dem Hündchen. Zwei Erzählungen

Luciano De Crescenzo
Sokrates. Sein Leben und Denken

Friedrich Dürrenmatt
Die Panne. Eine noch mögliche Geschichte

Albert Einstein & Sigmund Freud
Warum Krieg? Ein Briefwechsel. Mit einem Essay von Isaac Asimov

Epikur
Über das Glück. Ausgewählte Texte. Vorwort von Ludwig Marcuse

Hermann Hesse
Gedichte. Ausgewählt von Christian Strich. Mit einem Essay des Autors über Gedichte. Mit einem Nachwort von Maria Nils

Patricia Highsmith
Drei Katzengeschichten

Hildegard von Bingen
Lieder. Zweisprachige Ausgabe lateinisch/deutsch. Ausgewählt von Silvia Sager. Vorwort von Walter Nigg

I Ging
Das Buch der Wandlungen. Herausgegeben von Thomas Cleary

Franz Kafka
Die Verwandlung. Erzählung
Brief an den Vater. Mit einem Vorwort von Max Brod

Immanuel Kant
Deines Lebens Sinn. Herausgegeben und mit einem Vorwort von Wolfgang Kraus

Lao Tse
Tao-Te-King. Mit einem Nachwort von Knut Walf

Die schönsten deutschen Liebesgedichte
Ausgewählt von Christian Strich

W. Somerset Maugham
Die Leidenschaft des Missionars. Erzählung

Mohammed
Die Stimme des Propheten Herausgegeben und Vorwort von Wolfgang Kraus

Michel de Montaigne
Um recht zu leben. Aus den Essais. Mit einem Vorwort von Egon Friedell

Christian Morgenstern
Galgenlieder. Ausgewählt von Christian Strich

Salomo
Weinen hat seine Zeit, Lachen hat seine Zeit. Die großen Dichtungen des König Salomo. Vorwort von Ludwig Marcuse

Patrick Süskind
Drei Geschichten

Susanna Tamaro
Eine Kindheit. Erzählung

Henry David Thoreau
Über die Pflicht zum Ungehorsam gegen den Staat. Mit einem Nachwort von Manfred Allié

Franz von Assisi
Fioretti

Gebete, Ordensregeln, Testament, Briefe

»Der heilige Franziskus ging wie die Verzeihung Gottes durch die Welt. Ich meine, daß sein Erscheinen den Augenblick bezeichnet, da sich die Menschen nicht nur mit Gott, sondern mit der Natur und, als das Schwerste von allem, mit sich selber aussöhnen konnten... Er war nicht nur ein Humanist, sondern auch ein Humorist, besonders in dem altenglischen Sinne eines Mannes, der immer bei Humor ist, seine eigenen Wege geht und tut, was niemand anderer getan haben würde... Er war der Welt einziger wirklich aufrichtiger Demokrat.«
G.K. Chesterton

»Das Vorbild Franziskus sagt mir mehr als die klassenlose Gesellschaft, die nur die Voraussetzung eines Vorbilds sein kann.«
Ludwig Marcuse

Thomas a Kempis
Die Nachfolge Christi

Ein kernhafter Auszug aus ›De imitatione Christi‹
Nach dem lateinischen Urtext bearbeitet
und mit Anmerkungen herausgegeben
von E. A. Kernwart

Dieses Werk faßt die Grundtendenzen der mittelalterlichen Mystik zusammen. Es erschien erstmals 1470 in lateinischer Sprache und fand durch all die Jahrhunderte ungeheure Verbreitung und Resonanz. Als christliches Erbauungsbuch hat es bis heute seine Bedeutung bewahrt.

»... nächst der Bibel das verbreitetste Buch der Erde und von Katholiken und Protestanten gleich begierig gelesen, in alle europäischen und in zahlreiche außereuropäische Sprachen übersetzt. Es popularisiert die Lehre der großen Mystiker auf eine sehr edle, freie und kraftvolle Art.«
Egon Friedell